鬧鬼圖書館

五點鐘出沒

愛倫坡獎得主桃莉・希列斯塔・巴特勒作品

亞嘎◎譯

晨星出版

幽靈語彙

膨脹
幽靈讓身體變大的技巧

發光
幽靈想被人類看到時用的技巧

靈靈棲
幽靈居住的地方

穿越
當幽靈穿透牆壁、
門窗和其他實物時的技巧

縮小
幽靈讓身體變小的技巧

反胃
幽靈肚子不舒服時會有的狀態

踏地人
幽靈用來稱呼人類、
動物等他們視線無法穿透的物體

嘔吐物
幽靈不舒服吐出的東西

飄
幽靈在空中移動時的動作

哭嚎聲
幽靈為了讓人類聽見所發出的聲音

第一章

新案件

「汪！汪！」

「科斯莫，不可以。」在科斯莫要穿越工藝室窗戶，往外面跑的一秒半前，凱斯抓住了科斯莫。凱斯望向窗外，他沒看到有什麼能讓科斯莫如此興奮的東西。

「你不能到外面，」凱斯責備科斯莫，「你在想什麼啦？」

科斯莫頭低低的，尾巴也垂了下來。

「他是隻狗，凱斯。」克萊兒說，原本看著作業的她抬起頭來看向凱斯，「他才不知道對幽靈來說到外面去很危險。」克萊兒伸出手要摸科斯莫，但克萊兒是個踏地人，所以她的手穿越他的身體。

「他應該要知道，」凱斯說著，並把狗緊緊抱在懷裡，「他看過幽靈跑到外面的後果。」

凱斯跟科斯莫曾經跟凱斯的爸媽住在一間舊校舍，還有凱斯的爺爺奶奶、弟弟小約翰，以及大哥芬恩。芬恩喜歡把他的手或腳穿牆伸到外面去，芬恩這樣做，是為了嚇凱斯跟小約翰。但有一天這些幽靈小鬼在玩抓球遊戲的時候，芬恩把頭伸出牆外伸得太遠了，然後他整個身體就被**拉啊啊啊啊**～到外面去。爺爺奶奶試

著想去把芬恩救回來，但最後他們也消失在外面，全都被風吹走了。

「況且，科斯莫也曾自己待在外頭過。」凱斯提醒克萊兒。

去年夏天有些踏地人帶著他們的卡車跟大鐵球到舊校舍，他們把舊校舍給毀了，而凱斯一家剩下的成員被迫到外頭去。就像芬恩、爺爺奶奶一樣，他們被風吹往各處，凱斯最後到了這間圖書館。幾個禮拜前，他和克萊兒到外面偵辦一件幽靈案件，凱斯很幸運找到了科斯莫。他已經好久沒看到其他家人了。

現在科斯莫開始在凱斯的懷裡扭來扭去，凱斯又把科斯莫攬得更緊了。

「我覺得你的狗不喜歡被抱那麼緊，凱斯。」

貝奇說道。貝奇是另一個住在圖書館的幽靈，他在圖書館的時間遠比凱斯還要久得多。

凱斯鬆開科斯莫，而幽靈狗狗奮力逃脫出凱斯的懷裡後，他馬上又衝回窗戶前面。

凱斯只能嘆氣。**外面到底有什麼？**凱斯思考著。科斯莫從來沒有對外面有這麼大的興趣過。

「克萊兒，可以請妳把百葉窗簾關上嗎？」凱斯又再度把他的狗抓起來。「如果科斯莫看不到外頭有什麼的話，或許他會安定一點。」

貝奇問凱斯，「為什麼你不去關百葉窗簾呢，凱斯？」

「我沒辦法。」凱斯說，而貝奇也知道他做不到。

凱斯就是還不會其他幽靈都會的技巧，他曾認真學習那些技能，他真的有在學，但幽靈技巧

很難學。而且他也不喜歡練習，哪個幽靈喜歡呢？

「你怎麼知道你關不上百葉窗簾？」貝奇問：「你有嘗試過嗎？」

「對啊，凱斯。」克萊兒說：「現在你可以撿起踏地物品了，或許你能拉百葉窗簾。」

凱斯只有學過撿起踏地物品而已，但他還不擅長。而且撿起踏地的東西跟拉百葉窗簾並讓它移動根本不是一回事。

但他願意試試看。

凱斯用一隻手臂緊緊環抱著科斯莫，另一隻手抓著百葉窗簾要把它拉啊啊啊啊啊下來。

窗簾紋風不動。

「再用力點壓下去。」克萊兒建議凱斯。

凱斯壓得更用力，但他的大拇指穿過了窗簾。

克萊兒走過來用力一拉關上了窗簾，當窗簾被拉下來時，科斯莫發出一聲低吼。

「現在你自由了。」凱斯說著便鬆開手臂放走他的狗狗。

貝奇噴了一聲，他問克萊兒，「妳什麼事情都幫他做的話，他是要怎麼學會？」

克萊兒正要回答時，她的手機響了，她從桌上抓起手機。「你好……是的……對，這是真的。我是個幽靈偵探……」克萊兒一邊將一絡頭髮往耳後塞，一邊衝著凱斯咧嘴笑。「意思就是我專偵辦幽靈案件……嗯……嗯……當然！你的地址是……好的，我會過去拜訪。等等，你是怎麼知道我的？酷喔！嗯，好的，我會過去。」

克萊兒把手機塞進她褲子前面的口袋。「欸，凱斯！我們有新案子了！」克萊兒闔起課本然後把它們堆在桌子中央。「你記得學校話劇的那個強納森嗎？」

「當然。」凱斯回答。

凱斯和克萊兒幾個禮拜前才剛解決了一個幕後搞鬼的幽靈案件，強納森不僅是牽涉其中，他還在克萊兒的學校看到凱斯的媽媽！但等凱斯到學校的時候，凱斯的媽媽早就不知去向。不過凱斯的媽媽倒是留下了項鍊裡的一顆珠子，凱斯現在還把珠子放在前面的口袋裡。

「嗯，強納森有個朋友叫大衛。」克萊兒開始解釋道：「大衛・傑佛瑞，我想他是這樣說的。總之，大衛家有幽靈。」

「怎樣的幽靈？」凱斯緊緊抓著他口袋裡的那顆幽靈珠子。**是我家的人嗎？是我媽嗎？**

「我不知道，」克萊兒說：「大衛沒有真的看到那個幽靈，所以他沒辦法描述那個幽靈的樣貌。但他說那個幽靈會把檯燈打開，讓車庫的門升起，還會亂搞他們家的電視。我跟他說我會過去看看。」

「妳沒有要現在去對吧？」貝奇問克萊兒。

「就是要現在去。」克萊兒一邊說著，一邊拿起她的水壺。凱斯跟著克萊兒出門時，總會先待在她的水壺裡頭。

「但妳作業還沒寫完。」貝奇反對，「凱斯也還沒練習幽靈技巧，而且已經要吃晚飯了！」

像凱斯跟貝奇這些幽靈是不需要吃晚餐，也

不用在其他時間用餐。但克萊兒每一天都需要吃晚餐，而且通常都是和她的家人一起吃。

「所以呢？」克萊兒轉開水壺瓶蓋，「你不用負責照顧我，貝奇。你也不用負責照顧凱斯，你又不是我們的老爸。」

克萊兒說的沒錯。貝奇不是凱斯的老爸，但貝奇是這間圖書館裡，最像凱斯雙親的了。

「我不知道欸。」凱斯說話的同時，科斯莫

又飄到窗戶旁去了。

科斯莫用他的鼻子輕輕頂了頂百葉窗邊緣，但凱斯很快地把科斯莫抱起來。凱斯告訴克萊兒，「或許我們應該要等到明天再過去。」

凱斯有點不確定現在離開科斯莫是不是個好主意。

克萊兒搖搖頭說，「我們得現在去。這個幽靈不像一般的幽靈，他只會在五點的時候出沒。」

第二章

五點鐘幽靈

凱斯想跟克萊兒一起去，他想看看五點鐘出沒的幽靈是不是他其中一個家人。但如果他跟克萊兒出去的時候，科斯莫穿過了窗戶怎麼辦？如果科斯莫被風吹走了怎麼辦？

「我還是不要去好了。」凱斯一邊說一邊把他的狗抱得緊緊的，「我應該要留在這裡看著科斯莫。」

「科斯莫也能縮小，」克萊兒提醒，「我們可以把他裝進水壺裡，讓他跟我們一起去。」

嗯⋯⋯凱斯思考著。**我們的確可以⋯⋯**

「如果你帶著走的話，他可能會更生氣喔，」貝奇警告著，「不管是什麼讓他這麼亢奮，那東

西可是在外面，不在水壺裡。」

凱斯想著，**好吧，或許不要好了。**

「是沒錯，但凱斯可以抱著科斯莫啊，」克萊兒對貝奇說。「來嘛！凱斯，你一定要跟我來啦。我們可是 C&K 幽靈偵探塔樓，我們是一起破案的。」克萊兒一邊說著一邊把打開的水壺對著凱斯。

貝奇聳了聳肩，「隨便你吧，凱斯。」他說：「就像克萊兒說的，我不需要負責照顧你。」

凱斯不知道該怎麼辦，雖然可以自己做決定很棒，但從另一方面來看，有時候做決定實在很困難。

「好吧，」最後凱斯終於開口，「我也跟著去。」

「耶！」克萊兒歡呼的同時，貝奇搖了搖頭表示他的不贊同。

凱斯再次放開科斯莫，然後他 **縮小……縮小……縮……**，然後就飄進克萊兒的水壺之中。

「汪！汪！」科斯莫朝著凱斯吠了幾聲，凱斯在水壺裡面看著科斯莫，覺得他 **特別大隻**。

「過來這裡，狗狗！」凱斯拍著雙手，喊著：「你之前有在克萊兒的水壺裡旅行過，只要縮小就可以了！」

科斯莫聞了聞瓶身，又短促地吠了幾聲，然後他 **縮小……縮小……縮……**，然後飄進水壺裡找凱斯。

「幹得好，」克萊兒一邊說一邊把瓶蓋蓋上，「我們走吧！」她快步走向門口，水壺隨著克萊兒晃動，而貝奇則飄在他們後面。

「奶奶～？」克萊兒呼喚著。

「我在這兒。」凱倫奶奶在文學圖書室裡回應克萊兒。

克萊兒的頭從牆角探出，「我需要出去一下子，應該沒關係吧？」

凱倫奶奶瞥了一眼書桌後面牆上的時鐘，「現在嗎？」她問：「都快要吃晚餐了。」

「這不就跟我說的一樣嗎？」貝奇對著凱斯和克萊兒說。

凱倫奶奶在克萊兒的年紀時可以看到、聽到幽靈，但她現在已經沒辦法了。不過奶奶知道克

萊兒看得到幽靈，而且她也知道凱斯、貝奇、科斯莫住在圖書館。她甚至知道克萊兒跟凱斯正在試著找凱斯的家人，而克萊兒的爸媽對這些事毫不知情。

「這很重要。」克萊兒說著拍拍她的水壺，她必須要仔細注意措辭，因為文學圖書室裡還有其他的踏地人，那些踏地人對於凱斯或貝奇或科斯莫的存在一無所知。

凱倫奶奶了解克萊兒想表達的意思，她說：「好吧，妳爸媽這禮拜不在家，我想我們今天可以晚一點再吃晚餐。」

「那克萊兒的作業呢？」貝奇一邊喊著一邊揮舞著他的雙手，「妳要不要問克萊兒她作業寫完沒啦？」

「我希望妳在天黑前回到家。」奶奶跟克萊兒說。

「好的，」克萊兒點點頭。「謝啦！奶奶。」

貝奇抱怨著，「這小姑娘的爸媽一不在，妳就把她寵成這樣！」他對著凱倫奶奶說。

當凱斯和克萊兒一到外面，克萊兒拿起了她的手機查詢前往大衛家的方向。「離這裡不遠。」克萊兒對照地圖和街道時喃喃自語著。

科斯莫的耳朵整個豎直，鼻子抽動。外面有什麼東西又引起了科斯莫的注意，凱斯抱緊他的狗。

克萊兒轉了個彎，他們發現一個踏地狗跟牠的主人朝著克萊兒一行人走來，那隻踏地狗繫著牽繩，跟在戴耳機的女人旁一起慢跑。

「汪！汪！」科斯莫朝著慢跑的女人跟她的狗叫了兩聲。

「汪！汪！」那隻踏地狗一邊叫一邊衝向克萊兒的水壺。那隻踏地狗比起科斯莫原本的大小還來得小一些，但吠叫起來比科斯莫可怕多了。

「黛西！不可以！」慢跑的女人急拉住牽繩，把狗拉回去，她繞過克萊兒走到草地上。

科斯莫扭動著想掙脫凱斯，但凱斯抱得緊緊的。

慢跑的女人拿下了一邊的耳機，「抱歉，」她對克萊兒道歉時，她的狗繼續對科斯莫吠叫著。「黛西通常不會像這樣亂叫或是撲向別人。」

「沒關係。」克萊兒說道，然後她快步離開那位慢跑的女人。

「我跟科斯莫不該一起來的。」凱斯喃喃自語說著。

「為什麼？」克萊兒一邊問一邊把水壺放到她的肩膀上。「只要你一直抓著他，他就沒辦法亂跑。你擔心太多了，凱斯。」

凱斯沒辦法不擔心，科斯莫現在是他唯一的家人。

「我想應該不遠了，」克萊兒看著手機上的地圖確認。「我們在正確的街道上了。」

他們又繼續往前走，凱斯這時候聽到了小提琴聲。這聲音是從草地上的一個小黑盒子裡傳出來的。**收音機**，凱斯想著。克萊兒的奶奶在圖書館裡也有一台收音機。

　　有個年紀和凱倫奶奶差不多的女士坐在一張小凳子上，旁邊有收音機和一些盆栽。她抬頭看向克萊兒，「妳好。」她說。

　　「嗨，」克萊兒在人行道停了下來並回應她。「我在找傑佛瑞一家。妳知道他們住哪裡嗎？」

「我知道，他們就住在那裡。」她指著街上的一間黃色房子。

「謝謝你。」克萊兒說。她蹦蹦跳跳地走向那棟黃色房子，掛在她腰間的水壺也隨之擺動，不斷地碰撞。

在克萊兒還沒來得及敲門之前，有個身高比克萊兒還矮的男孩開了門，「妳是克萊兒嗎？」他問道。

「是的，你是大衛吧。」克萊兒回答那位男孩。

男孩一邊點頭一邊抵著紗門，「進來吧，那隻幽靈快出現了。」大衛的臉十分嚴肅。

克萊兒扭開了水壺的瓶蓋，然後凱斯跟科斯莫便飄了出來，膨脹成他們原本的大小然後在房

間裡飄盪。這好像是克萊兒稱做「客廳」的房間，這間房間有一張沙發跟兩張椅子，一台電視，還有一些可能是樂器的東西放在角落。電視上播放著卡通，音量轉得很小聲，電視是整間房間裡唯一的光源。

凱斯沒有看到其他的幽靈。

「那麼⋯⋯你想要我在你家四處看看有沒有幽靈嗎？」克萊兒詢問大衛。

「不用，」大衛說。凱斯飄經過他身旁時，他感到一陣寒冷而抖了一下。「我們在這裡等就好，那幽靈會準時在五點出現。」

但凱斯可沒辦法等，除非五點鐘的幽靈是他的家人。「哈囉？」他呼喊著，「媽媽？爸爸？奶奶？爺爺？小約翰？芬恩？你們有在這裡

嗎？」

沒有回應。

凱斯緊抱著科斯莫，他飄過廚房……臥室……還有一間亂糟糟的兒童房。他沒有在那些房間裡看到任何幽靈。

大人的臥室也沒有幽靈的蹤跡，看起來只有媽媽住在這裡，衣櫥裡沒有看起來像是爸爸穿的衣服。

凱斯飄到了第三間臥室，一個踏地少女盤腿坐在床上，她的眼睛盯著手上的手機。

凱斯飄到踏地少女的身後，瞧瞧到底有什麼東西讓她這麼感興趣。

他看著踏地少女用拇指輸入訊息：

妳每天都要照看妳弟嗎？

對啊。:(

無聊。

我知道，但再等等，
我會脫身的。
我有個法子！

踏地少女手機上的時鐘顯示為下午 4：55。

凱斯可不想錯過等等五點會發生的事，所以他飄

回了客廳。克萊兒和大衛兩個人盯著電視上方的

時鐘。

克萊兒朝凱斯挑了挑眉，因為克萊兒沒辦法

在大衛面前跟凱斯說話，她是在問他是否有看到什麼有意思的事情。

凱斯搖了搖頭。

他們全都盯著時鐘一分一秒地走動。

4：57……4：58……4：59……

就在五點整的時候，有三件事情同時發生了：

（1）從房子的另一處傳來巨大聲響。

（2）客廳的一個檯燈自己亮了起來。

（3）電視上的畫面開始閃爍，然後出現一個

很大，很恐怖的男性聲音從電視傳來。

「巴拉……巴拉……
巴拉——巴拉……巴
拉……巴拉……巴

拉⋯⋯」

　「那是我們要找的幽靈！」大衛告訴克萊兒，

「他準時出現了。」

第三章

尋找幽靈

「巴拉……巴拉……巴拉巴拉……巴拉……巴拉……巴拉……巴嚕巴拉……巴嚕巴拉……巴拉……巴拉巴拉……巴拉……巴拉……巴拉……」

電視螢幕出現雜訊畫面，伴隨著干擾的聲音。

此時，克萊兒與大衛盯著電視，凱斯飄到檯燈旁，他查看了檯燈後面，以及桌子下方。檯燈不可能自己亮起來，或許是一個比凱斯擅長幽靈技巧的幽靈，把檯燈打開後再飄進電視裡。

「巴嚕巴嚕巴嚕……巴拉……巴拉巴嚕……」

克萊兒瞇著眼睛盯著電視說：「我聽不懂他在說什麼。」

「我也聽不懂。」大衛說。

凱斯也聽不懂，但那聲音聽起來很生氣，非常生氣。

「有時候我可以斷斷續續聽出一兩個字，」大衛說：「但大部分的時候我完全不知道他到底在吼什麼。」

凱斯飄到電視旁邊，「哈囉？」他對著可能躲在電視裡頭的傢伙打招呼。

「巴拉……巴拉……巴拉巴拉……巴拉……巴拉……巴拉……巴拉……巴拉……巴拉巴拉……巴拉……巴拉……巴拉……巴拉……巴拉……巴拉……巴拉巴拉……巴拉……巴拉……巴拉……」

科斯莫靠向電視。

在凱斯來得及阻止他之前，科斯莫蹦蹦跳跳地飄到電視裡，然後消失不見了！

克萊兒倒吸了一口氣。

「**不！**」凱斯哭喊著，他在電視前不知所措地飄來飄去，「科斯莫，回來！哈囉？有幽靈在那裡嗎？不管你是誰，你有看到我的狗嗎？」

還是說……凱斯吞了一口口水，**科斯莫穿過整台電視而且穿過牆壁到外面去了？**

凱斯傾身飄到窗戶旁尋找，不過沒有看到科斯莫在外面的任何地方。

電視的聲響突然停了下來，雜訊畫面也消失了，卡通節目的畫面也回來了。

「就這樣嗎？那個幽靈這樣就結束了？」克萊兒問。

凱斯盯著電視，科斯莫並沒有回來。

「不是，」大衛說：「很快又會再來一次。」

如同大衛預測的，雜訊畫面再次出現，憤怒暴躁的聲音幾秒鐘後出現。「巴拉……巴拉巴拉……巴拉……巴拉……巴拉……」

凱斯想要進到那台電視裡，他想要把科斯莫找回來。而且他也想知道誰躲在電視裡面，他很肯定這傢伙一定不是他的家人。他的家人不會聽到凱斯的聲音或是看到科斯莫而沒有回應，但是穿過踏地物品會讓他覺得反胃。事實上，直到目前為止，他唯一嘗試過的一次，讓他感到**非常反胃**。

突然間，科斯莫從電視飄了出來。「汪！汪！」科斯莫一邊叫一邊飄向凱斯。

凱斯鬆了一口氣，衝過去抱住他的狗。「科斯莫！你沒事！」他抱著科斯莫說：「所以，你

看到了什麼？誰在電視裡面？」

科斯莫只是舔著凱斯的臉，他沒辦法回答凱斯的問題。就算他回答了，凱斯可能也不明白。

克萊兒拿出她的線索紀錄本並寫下一些筆記，凱斯依然抱著他的狗，飄到克萊兒身後看她寫了什麼。

幽靈報告：

大衛・傑佛瑞家。5：00 p.m.

車庫的門開啟

檯燈被打開

有個人（一個幽靈？）在電視裡大喊，但我們聽不懂。

在所有的事發生的時候，凱斯聽到的隆隆巨響，一定就是車庫門的聲音。

蹦，蹦，蹦，突然傳來一陣腳步聲，聽起來是從樓梯傳來的。

其他的幽靈嗎？

腳步聲愈來愈近⋯⋯愈來愈近⋯⋯

一個微弱的聲音從角落裡傳來：「大衛？」

在場的所有人轉頭看向站在客廳門口的小男孩，他看起來應該五、六歲。「媽媽在家嗎？」男孩害羞地問道，胸前還抱著一台玩具汽車，車頂有一條小天線晃啊晃。

「不在耶，小班。」大衛回覆他。很明顯地，小班是大衛的弟弟。

「但我聽到車庫門打開的聲音。」小班說。

「對啊，」大衛說：「昨天也有一樣的事情，記得嗎？」

「為什麼？」小班問大衛。「為什麼車庫的門會自己打開？」

「我不知道！」大衛不耐煩地回答，他正與克萊兒忙著盯電視上的雜訊畫面。

「巴嚕巴嚕巴嚕……巴拉……巴拉巴拉……巴拉……巴拉」

「而且為什麼那個可怕的男人會在我們家所有的電視裡？」小班又問。

「所有的電視？」克萊兒轉向小男孩，「你

家其他電視也有人這樣講話嗎？」

小班點了點頭。「樓下那台電視也有。」

這是怎麼辦到的？凱斯想著。一個幽靈不可能同時出現在車庫還有電視裡，更別說是兩台電視了。

除非幽靈不只有一個。

「克萊兒！」凱斯驚呼，「我想這裡超過一個幽靈，或許是一個幽靈家庭。我們需要去找另一台電視！」

克萊兒趁著在筆記本上記錄更多狀況時，微微地點了點頭。「我們能去看看另一台電視嗎？」她問大衛跟小班，「你們家可能不只有一個幽靈。」

「幽靈？」小班的眼睛張得大大的。

大衛領著克萊兒走過一個轉角進入廚房，他打開廚房盡頭的門，然後大衛、克萊兒，還有小班踏步走下階梯，凱斯和科斯莫則飄在小班的頭上。

樓梯下方的房間很大，燈火通明。凱斯看到有沙發、椅子，還有許多玩具散落在地上，他也看到一台電視。就像小班說的，這台電視也有雜訊畫面跟奇怪的聲音：「巴拉……巴拉……巴拉巴拉……巴拉……巴拉……巴拉……巴嚕巴拉……巴拉……巴嚕巴嚕巴嚕……巴拉……巴拉

巴拉……巴拉……」

　　凱斯和科斯莫飄了過去。「哈囉？」凱斯對

著電視說：「是誰在裡面？為什麼你要在這間房

子裡鬧鬼？你可以跟我說，我也是個幽靈。」

　　電視上含糊不清的聲音跟雜訊畫面停了下

來，這次是真的結束了。

　　「所以，妳怎麼想？」大衛問克萊兒。

　　「我不知道，」克萊兒說，她將紀錄本翻了

一頁，「這些事情也會在早上五點的時候發生嗎？還是只有下午五點？」

大衛回想了兩秒，「我不知道，」他說：「可能只有下午五點會出現。」

克萊兒將這件事情寫下來。

大衛雙手抱胸並傾身靠近克萊兒，「妳真的是幽靈偵探嗎？」他問：「妳真的能找到幽靈並且把他們趕走嗎？」

「妳是 **幽靈偵探** 喔？」小班大叫。

「沒錯，」克萊兒聳聳肩好像這不是什麼了不起的事情一樣，「還有，沒錯，我當然可以找到幽靈並且把他們趕走。」

「妳要怎麼做？」大衛問：「妳沒有像電視上那些抓鬼者捕捉幽靈的裝備。」

「我家有！」克萊兒說。

「妳有？」大衛、小班還有凱斯異口同聲。

這對凱斯來說可是新聞。

「對啊，」克萊兒說的有點不自在，「我……

呃，只是第一次拜訪委託人時，通常不會帶那些

裝備而已。」

凱斯可沒見過克萊兒用過什麼裝備。

「讓我研究一下我今天寫的筆記，」克萊兒邊說邊把她的紀錄本塞進包包，「然後我明天會再來，帶著抓幽靈的裝備。我會找到你家的幽靈的，大衛，我向你保證！」

第四章

克萊兒
的裝備

「**什**麼抓幽靈裝備？」凱斯問克萊兒，

凱斯和科斯莫已安全地進入克萊兒

的水壺裡，他們在往圖書館的路上。

「妳有什麼抓幽靈的裝備？妳又要怎麼使用裝備

找到大衛家的幽靈？」

「現在的狀況就是，」克萊兒確認左右來車，

然後過馬路，「我不認為大衛相信我可以解決這

個案件。」

凱斯也不確定他們是否能解決這個案件，除非那個幽靈不再躲起來。

「而且關於裝備的事，大衛說得對，」克萊兒繼續往前走，「電視上的抓鬼者都有可以幫忙找到幽靈的裝備。還記得嗎？比斯里太太在找我們到她家閣樓找幽靈的時候也問過這件事。我是不需要任何裝備找到幽靈，但我可能需要抓幽靈的裝備讓人們認為我能找到幽靈。」

「怎樣的裝備呢？」凱斯問。克萊兒聳聳肩，「我還不知道。」凱斯希望不管克萊兒想到的東西是什麼，都不會嚇到大衛家的幽靈，不然那些幽靈們就不太可能出現了。

＊　＊　＊　＊　＊　＊　＊　＊　＊　＊　＊

當天晚上，克萊兒和凱倫奶奶用過晚餐後，

克萊兒便到圖書館地下室尋找「抓幽靈裝備」。

克萊兒拿起了一個有把手的圓形玻璃製品放到左眼前，這讓她的左眼看起來好大好大。

「這是什麼？」凱斯飄近克萊兒，他從來沒見過這樣的東西。

「放大鏡？」貝奇挑了挑眉毛，「沒有人會相信一個普通的放大鏡能幫妳找到幽靈啦！」

克萊兒臉色一沉，把放大鏡放回盒子裡。

「為什麼沒人會相信？」凱斯問：「那個可以讓東西變大，所以應該可以幫你看到你本來看不到的東西。」

「像是幽靈嗎？」貝奇哼了一聲，他搖了搖頭，「我可不這麼認為。」

克萊兒跨過一箱舊書拿另一個東西，那個東

西遮住了她的雙眼。

「雙筒望遠鏡？」貝奇問。

「什麼是雙筒望遠鏡？」凱斯問。

他在克萊兒面前飄著，從他這邊能看到的就是兩個黑黑的圈圈。

「這有點像放大鏡，只是望遠鏡是幫助你看

遠方的東西，」克萊兒解釋給凱斯聽，「人們會用這個賞鳥，或是看其他東西。」

「望遠鏡比放大鏡還要糟！」貝奇說。

「嗯，或許你說得對。」克萊兒一邊說一邊把望遠鏡放回架子上。

凱斯趁著貝奇跟著克萊兒到地下室另一邊時，他掃視了一下架子上其他的箱子。

「妳該知道這裡沒有所謂的抓幽靈裝備，對吧？」貝奇說：「踏地人要嘛能看到幽靈要嘛沒辦——」

「不要叫我們踏地人！」克萊兒說。凱斯知道克萊兒並不喜歡那個稱呼。所以他在克萊兒身邊時，盡可能地不使用，但貝奇似乎是逮到機會就一定要說一下。

「那這個呢？」凱斯把手伸到一個⋯⋯他其實也不知道那是什麼東西，他只希望能夠把那個東西拿起來。**專注⋯⋯專注⋯⋯專注⋯⋯**，凱斯告訴自己。他打算把這個踏地物品拿出箱子外幾公分。但他只能握住幾秒，東西就會穿過他的手，滑落掉回箱子裡。

克萊兒過來看凱斯找到了什麼，「小型吸塵器？」克萊兒一邊說一邊把它拿起來把玩一會兒。「或許可以，如果它有充飽電的話。」

　　「真的？」貝奇揚起了他的眉毛。

　　「或許。」克萊兒又說了一次，她的眼睛搜索著架上的其他箱子，她把小吸塵器先放在地板上，並找到一個貼著「電子產品」標籤的箱子，克萊兒從箱子裡拉出一條很長的鐵絲，然後走回去拿放大鏡，最後拿起小吸塵器，帶著所有她找到的東西，行動緩慢地爬了兩段樓梯。

　　凱斯和貝奇緊跟在克萊兒後面。

　　克萊兒將小吸塵器的插頭插到牆上的插座。「充好電後我就可以用它了。」她邊說邊走向櫥櫃，並拿了一個上面寫著「錫箔紙」的盒子，她

撕了很長一段的錫箔紙，然後把整個吸塵器包了
起來。

　　接著她抓了一條很長的鐵絲，並把其中一端
弄成一個圓圈。

　　「這是天線。」克萊兒一邊跟凱斯說，一邊
把鐵絲的另一端綑在吸塵器手把上，並且把鐵絲
繞緊，固定在手把上。

「嗯哼。」貝奇說。

「什麼是天線？」凱斯問。

「那個，在收音機上的話，是一根搜尋電台，聽廣播的東西，」克萊兒解釋著，「那用在這裡呢，就是幫我找到幽靈的東西。」

克萊兒真聰明。凱斯心想。

「你覺得這怎麼樣？」克萊兒問，一手拿著

包覆著錫箔紙的小吸塵器，另一手拿著放大鏡。

「這個特殊的放大鏡能幫我看到幽靈，然後……這個我該怎麼叫它啊？」克萊兒想了一下。

「幽靈探測器？不，**幽靈捕手**，它能幫我找到和抓到幽靈。」

「我覺得任何會相信妳能用這玩意兒抓幽靈的人，都應該要去檢查一下腦袋。」貝奇說。

「是嗎？」克萊兒說。她把吸塵器的插頭拔掉，按了吸塵器上的按鈕。那機器像是甦醒般低吼，發出了很可怕，*很可怕*的噪音。克萊兒緩緩舉起她的手臂並把「幽靈捕手」瞄準貝奇。顯然幽靈捕手的力道很強，因為它吸住了貝奇頭上的帽子並把他 **拉** —— 向吸塵器。

「把它關掉！關掉！」貝奇一邊尖叫一邊胡

亂揮舞著。

凱斯用手遮住雙眼，他不忍心看下去。

克萊兒把幽靈捕手關掉。

「不知怎麼的，」克萊兒笑嘻嘻地說：「我敢說只要我想的話，我一定能用這個抓到幽靈。」

「哼！」貝奇抓著他的帽子，牢牢地戴回他的頭上，然後穿過地板消失了。

＊　＊　＊　＊　＊　＊　＊　＊　＊　＊

「這些是什麼？」隔天，凱倫奶奶問克萊兒。

現在是四點半，該是時候到大衛家了。當克萊兒把她的幽靈捕手裝備塞進偵探背包裡的時候，凱斯正努力誘使科斯莫遠離窗戶，就跟昨天一樣。

科斯莫跟克萊兒的貓索爾，花了一整天的時

55

間，一個窗戶又一個窗戶的，偷瞧著外面。

他們到底是對外面的什麼東西那麼感興趣？凱斯很想知道。

「這個是拿來找到還有抓住幽靈的東西。」克萊兒一邊跟奶奶說，一邊把包包打開。「我不能跟其他人說我看得到幽靈，所以我需要特殊道具，就像電視上的人那樣。」

「這樣啊。」凱倫奶奶說。

克萊兒咬了咬嘴唇問道：「妳覺得人們會相信我能用這個東西找到並抓住幽靈嗎？」

凱倫奶奶摸了摸下巴，「如果妳離開時能解決他們的問題，他們當然會相信妳。妳又要去那個男孩子的家裡嗎？」

克萊兒得移動她包包裡的東西，才能把包包

拉鍊拉上。「對啊。」她說：「我可以去嗎？」

　　「去吧，」凱倫奶奶說：「不過妳走出門的

時候，可能會想多留意一下。有個小男孩剛剛跟

我說他在我們的郵箱旁看到了一個幽靈男孩。」

幽靈男孩？在圖書館外面？這引起了凱斯的注意。

凱倫奶奶又說：「要不是昨天有個小女孩告訴我她在樹叢那邊看到幽靈，我可不會當一回事，而且我注意到索爾花很多時間一直盯著窗外。」

科斯莫也是。

「或許有新的幽靈在我們家附近。」凱倫奶奶說。

「我們會去看看。」克萊兒一邊說，一邊把水壺的瓶蓋打開。

凱斯抓著科斯莫，兩個幽靈就縮小……縮小……縮……進水壺裡面。

可是當克萊兒帶著他們到了外面時，他們誰

都沒有看到幽靈。

他們繼續往大衛家前進。路途中，他們遇到昨天在種花的那位女士，她今天種了更多的花，而且她身旁的地上，也放著跟昨天一樣的小收音機。但今天收音機播放的不是音樂，而是談話的聲音：「你現在收聽的是 KQRC。AM92.7。」

他們抵達大衛家時，再幾分鐘就要五點了，大衛家的客廳看起來跟昨天一樣。客廳的電視開著，而燈則關著。

克萊兒把水壺的瓶蓋打開，凱斯和科斯莫飄了出來，然後克萊兒打開了塞得滿滿的偵探背包。

「這就是妳的裝備啊？」大衛問。

「沒錯。」克萊兒把東西拿出來時回答。

大衛在克萊兒旁邊到處看。「不錯喔，」他說：「所以這些裝備的功用是什麼？」他伸手要摸包覆著錫箔紙的吸塵器，但克萊兒猛然抽走幽靈捕手。

「它能幫我偵測到幽靈，我感應到這裡有幽靈。」克萊兒舉起放大鏡，「這是我特製的幽靈偵測鏡。」

凱斯屏息以待，觀察大衛會不會相信克萊兒。

看起來大衛相信了。「酷！」大衛說。

大衛從放大鏡看過去，但沒有觸摸它。「妳是在哪裡獲得這些東西的？是在網路上買的嗎？」

「不，是我自己做出來的。」克萊兒瞥了凱斯一眼。

　　「酷，」大衛又說了一次，「嗯，快要五點了，

我們就快知道這些裝備有沒有用了。」

第五章

小藍孩

「**妳**來了。」大衛的弟弟小班緩步走進客廳時向克萊兒打招呼。

「沒錯，我這次帶了特殊裝備讓我能找到你們家的幽靈喔。」克萊兒說。她拿著「幽靈偵測鏡」瞧著小班，但不論是克萊兒或是凱斯都沒有看到任何幽靈。

小班雙手抱胸，對克萊兒說：「愛莉說妳大概是假的。」

「誰是愛莉？」克萊兒問。

「我們的大姊。」小班回應道。

「我不知道你還有個姊姊。」克萊兒對大衛說。

大衛聳了聳肩。「愛莉十三歲。她本來應該要在我們放學後看著我們，但她都在房間裡跟她朋友傳簡訊。」

「我昨天有看到她。」凱斯告訴克萊兒，「她真的是那樣，坐在自己的房間跟朋友傳簡訊聊天。」

「嗯……」克萊兒若有所思。她調整了幽靈捕手上的天線，然後她一手拿著幽靈偵測鏡，另一手拿著幽靈捕手，開始在客廳 緩 ～
慢 ～ 移動。

63

「妳有發現幽靈嗎？」大衛問：「他們在這裡了嗎？」

「我不敢肯定。」克萊兒說。

小班把他的車子放在地上，然後讓車子跑到樂器的那個角落。凱斯很好奇那個樂器是什麼，所以他跟科斯莫飄過去察看一番。有像是鋼琴那樣的琴鍵，但琴鍵卻沒有全在同一排，上面有兩排琴鍵，還有很多按鍵。

小班打開上面的一個開關，按下標示 笛子1 、 小提琴 、 法國號 的按鍵，那些按鍵的燈光便亮了起來，小班隨即用一根手指彈奏起一首歌。

凱斯知道這旋律，這首歌叫《一閃一閃亮晶晶》。凱斯的媽媽會唱給他、芬恩還有小約翰聽。

「小班，你在幹嘛？」大衛說：「你現在不

能彈電子琴。」

「為什麼？」小班問。

「因為克萊兒正在幫我們抓幽靈，我們必須要在幽靈出現的時候能聽到他們弄出來的聲響。」大衛解釋給小班聽。

「但我又不想聽那個。」小班說。他把 笛子 1 和 小提琴 的按鍵關掉，打開 笛子 2 跟 單簧管 的按鍵，然後他再一次彈奏起《一閃一閃亮晶晶》。按了不同的按鍵之後，聽起來這首歌也完全不同了。

凱斯感到很驚奇。他注意到有個按鍵上寫著 三角鐵 ，凱斯很喜歡三角鐵的聲音，他們在舊校舍的時候有一個三角鐵。凱斯好奇如果按下 三角鐵 的按鍵，《一閃一閃亮晶晶》這首歌聽起來會變怎麼樣。

　　凱斯沒有多想就伸手碰了三角鐵的按鍵，他從來沒有成功開啟過踏地開關或是按下踏地按鍵過，所以他也沒有期待有任何事情會發生。但按鍵卻往下滑動了……同時，電子琴彈奏出來的聲音變了。

凱斯瞪大了雙眼。

小班把手指從琴鍵上抽了回來，彷彿被燙到一般。「你……你有看到嗎？」小班哭喊著，「那個按鍵自己動了！」

「而且現在還沒五點，」大衛說：「幽靈今天提早了！」

克萊兒怒瞪著凱斯，手裡握著幽靈偵測鏡。

「對不起。」凱斯對克萊兒說道，儘管凱斯並沒有感到抱歉。他，凱斯，居然能按下按鍵！獨自辦到的喔！他甚至沒有要試著按下按鍵的意思。

凱斯還記得他第一次拿起踏地物品的時候，那是在克萊兒的學校，當時他沒有多想，只是飄到那個壞男孩旁邊，然後從他手上拿走劍而已。

還有一次，是他出乎意料地把踏地檯燈變成幽靈檯燈，那個時候他其實只是想把檯燈的開關打開，但不知怎麼的，在沒有多加思考的情況下，凱斯把整個檯燈變成幽靈了。

　　有沒有可能是凱斯有時候**太努力**使用幽靈技巧了呢？

　　當凱斯思考著，時鐘的長針指向了 12 的位置，五點了！就在這瞬間，車庫的門打開了，檯燈開始閃爍，而他們昨天聽到的那個暴躁的聲音在客廳響起了。但今天，聲音不只是從電視裡傳

出來，聲音也從電子琴裡傳出來了。

「*啊* ——！」

小班大喊著然後迅速

從電子琴前的椅子彈開。

克萊兒、凱斯還有大衛也跟著倒退了好幾步。

「汪！汪！」科斯莫對著電子琴吠叫了幾聲。

電視傳出的聲音已經很大聲又很可怕了，但電子琴發出的聲音，顯得**更大聲**且**更可怕**了。

「快拿起幽靈偵測鏡！」大衛大叫著並指向電子琴，「往這裡看。」

克萊兒拿起幽靈偵測鏡朝電子琴看去。

「我……我要去找愛莉。」小班的聲音顫抖著，說完便奔向走廊。

「現在妳有看到幽靈了嗎？」大衛問。

「這個嘛……」克萊兒回答。不論是克萊兒或是凱斯都沒有看到幽靈。

大衛顯得有點不高興，「那玩意兒真的有用

69

嗎？」他問克萊兒。

凱斯和科斯莫在電子琴旁晃來晃去，有幽靈藏在裡面嗎？電子琴前面有些小孔，聲音就是從小孔裡出來的。凱斯縮小……縮小……縮……然後他試著往小孔裡面看。

當他往小孔裡看的時候，那聲音**蹦**的又出現了。

「**啊**——！」凱斯驚聲尖叫，嚇得退後。那聲音實在**太大聲了**。

但是儘管聲音非常大聲，但跟電視的聲音相比，凱斯、克萊兒還有大衛能聽懂電子琴裡的聲音：「W……B……零…… 巴拉……巴拉……巴拉。」

克萊兒和大衛面面相覷。「W，B，零？」

大衛問：「這是什麼意思？」

克萊兒聳聳肩，她把幽靈偵測鏡放到地板上，拿出筆記本開始記錄。

當她在紀錄的時候，那聲音繼續說著：「巴拉……巴拉……巴拉……小藍孩……」

小藍孩？

「怎麼了，大衛？」走廊傳來一個少女的聲音。是愛莉，就是凱斯昨天看到在傳手機簡訊的那個少女，小班畏縮在愛莉身邊。

「小班說我們家客廳有幽靈，還說你朋友來幫忙抓幽靈。」愛莉說。

「對啊。」大衛說這句話的同時，科斯莫往愛莉的方向飄了過去。

「喔，那幽靈呢？」愛莉的視線剛好穿越科

斯莫。

「妳等等啦，」大衛說：「妳看不到幽靈，但妳會聽到他們發出的聲響。幽靈躲在電視跟電子琴裡，幽靈們又要開始說話了。」大衛掃視著房間，「再過一下子，他們就會開始說話了。」

他們都在等著。

等著。

又多等了一下子。

但幽靈的聲音似乎停下來了。

「真奇怪，」大衛盯著時鐘說：「照理說應該還會繼續⋯⋯嗯，20 分鐘吧。今天為什麼會提早停下來呢。」他轉向看著克萊兒，「妳抓到幽靈了嗎？是因為這樣所以才沒聲音的嗎？」

「我想不是。」克萊兒調整她的幽靈捕手。

愛莉嗤之以鼻，「她當然抓不到任何幽靈，還不就是個小鬼。」科斯莫在愛莉頭上飄來飄去，

聞聞她的馬尾，愛莉把她身上穿的毛衣拉緊了一些。「你們該不會是因為放學回來沒看到媽媽，所以感到害怕了吧？」

「才不是！」大衛否認的同時，小班則用力地頻點頭。

「沒關係啦，」愛莉平靜地說：「你們應該要跟媽媽說自己在家會害怕，跟她說你們想要一個大人當你們的保姆。」

「我才不需要什麼大人保姆。」大衛說。

「我要！」小班大聲說道。

凱斯飄到電視附近，「哈囉？」他說著，並在電視機前前後後看了又看。「哈囉？有人嗎？你在裡面說的話我們聽不懂耶。我們不懂Ｗ—Ｂ—零的意思，我們也不知道小藍孩是誰，然後我

們也聽不懂你說的其他話是什麼意思……」

　　凱斯等著幽靈回應他，但沒有任何動靜，於是凱斯飄回了電子琴旁。

　　「哈囉？……你願意跟我說話嗎？」凱斯往電子琴發出聲音的小孔裡面看，但他什麼也沒看到。「你可以出來，我們談談好嗎？……你是誰？……你想要什麼……為什麼你只會在五點的時候才會出現？」

　　但幽靈沒有現身，他們也沒有回答凱斯的任何一個問題。

第六章

仔細思考

「**媽**！」當傑佛瑞太太一腳踏進家門口，愛莉便大喊呼喚她：「媽！妳要找其他人照顧這些小傢伙。」

科斯莫的鼻子幾乎已經黏在愛莉的頭上了，他對著愛莉馬尾頂端的小球又聞又拍打著。

「愛莉，」傑佛瑞太太一邊翻閱信件一邊說：「我們已經談過這件事了。我知道妳很想在放學後去找妳的朋友……」

「不是這樣的。」愛莉說，她朝科斯莫揮了揮手，好像感覺得到科斯莫在玩她的馬尾一樣，但她的手穿過了科斯莫。

「不然是怎樣呢？」傑佛瑞太太問道。

「是大衛跟小班沒有大人陪伴，獨自在家會感到害怕，對吧？」愛莉對著男孩們挑眉。

「對！」小班回答的同時，大衛則說：「這個嘛……」

傑佛瑞太太轉身看向小班，擔心地問：「你害怕什麼呢？」

「幽靈。」小班說。

「世界上沒有幽靈這種東西。」傑佛瑞太太說。

凱斯咕噥了一聲，他不喜歡這些踏地人說這樣的話。

「這裡就有。」小班說道。「這些幽靈每天五點就會出現在我們家！」

「媽！」愛莉擠開小班來到傑佛瑞太太面前，「艾娃的媽媽有在照顧那些放學回家後的小朋友，她說她很樂意照顧大衛跟小班。」

「妳知道我們付不起保姆的費用，愛莉。」傑佛瑞太太說道，她把信件放到廚房的餐桌上。

「艾娃的媽媽說妳不用付──」

傑佛瑞太太搖搖頭。「我不能讓她這樣做，不過他們兩個禮拜一的時候要去看牙醫，到時候妳可以去找妳的朋友。除此之外，我需要妳放學後人在這裡，我很抱歉，親愛的。」

「放假一天，超棒的啦。」愛莉邊抱怨邊離開。

科斯莫正要跟著愛莉，但凱斯叫住了他，「科斯莫，不要亂跑！」

幽靈狗發出了一聲哀鳴，然後飄回凱斯身邊。

「乖孩子。」凱斯拍拍他的狗。

然後，傑佛瑞太太注意到克萊兒。「妳是？」她疑惑地盯著克萊兒手上的東西問道。

「她是克萊兒。」大衛說：「她是來幫我們抓家裡的幽靈的。」

「這樣啊。」傑佛瑞太太勉強擠出微笑，凱斯感覺到傑佛瑞太太並不相信克萊兒有這種本事。

「很高興見到妳，克萊兒。」傑佛瑞太太說：「但我想妳差不多該回家了。」

「好的。」克萊兒說。她打開了水壺的瓶蓋，凱斯和科斯莫迅速地飄了進去。然後她把所有東西

都塞進包包後朝大門走去。

「等等，」傑佛瑞太太把克萊兒叫了回來，她遞給克萊兒一本叫ＣＱ的雜誌，雜誌上的收件人名字叫J.C.希爾。「這本雜誌投遞錯了，妳能在回家的路上順手把這本雜誌放到隔壁鄰居的信箱嗎？」

「當然可以。」克萊兒說著並接下雜誌。「大衛掰掰，我們明天見。」

克萊兒低頭看著雜誌上的地址，然後抬起頭來

對照門牌號碼。「我想就是這裡了。」她說完便走了過去，接著把 J.C. 希爾的雜誌放進郵箱裡面，然後她調整水壺的肩帶後，往回家的方向離去。

「那間房子裡頭的幽靈好奇怪，」凱斯說：「他們只會在五點的時候出現，每天只做同樣的事情，把檯燈打開、打開車庫的門，然後亂搞電視。而且躲在電視跟電子琴裡頭不肯出來，也不發光或是哭嚎。」

克萊兒點點頭。「這讓我開始思考，大衛家發生的事情是不是有其他的解釋。」

「像是什麼？」凱斯問。

「我不知道。」克萊兒說。

路上，凱斯和克萊兒沉默了一陣子，兩個人都沉浸在自己的思考之中。

如果不是幽靈把檯燈和車庫的門打開，還有從電視跟電子琴裡說話的話，那就是踏地人在做這些事情，凱斯思考著。但踏地人要怎麼跑進電視跟電子琴裡頭呢？踏地人要怎麼做這些事情，而且不被大衛或是小班、愛莉、克萊兒還有我看到的呢？

還有，W —— B —— O 是什麼意思？小藍孩又是誰？而為什麼這些事情總是在五點的時候發生？

「我們知道大衛不是所謂的幽靈，」克萊兒舉起雙手比出引號強調幽靈兩個字，「是他請我們過去的，我也不認為小班會是那個幽靈，但愛莉呢？你有注意到那些可怕的聲音在愛莉進到客廳後就停了嗎？」

凱斯沒有注意到這件事，但現在他想通了，他發現克萊兒說得對。

　　「所有事情都是發生在愛莉不在客廳的時候，」凱斯說：「而且，她不喜歡在放學後照顧她的兩個弟弟。我昨天有看到她傳的訊息，她跟她的朋友說有個法子可以不用再照顧兩個弟弟。」

　　「嗯，那可有趣了。」克萊兒說。「或許她的計畫就是讓她的弟弟放學後害怕留在家裡，這樣一來，他們的媽媽就得找其他地方安置他們兩個。但愛莉是怎麼做那些事的？」

　　凱斯思考了一下。「她跟妳一樣有那種很厲害的電話，也許她是用那個電話做所有的事？」

　　克萊兒露出一抹微笑。「你說會不會是什麼手機的 APP 打開車庫、點亮檯燈，還能讓電視跟電

子琴發出聲音？」

「也許是。」凱斯說。他並不瞭解踏地人能用手機做出怎麼樣的事情，但他看過克萊兒用手機做了很多事。

克萊兒聳了聳肩。「我想確實是有這種可能。」

他們現在回到了圖書館，但他們並沒有進到圖書館裡面，克萊兒拿出了她的手機。「嗯哼，」幾秒後克萊兒開口說：「有個手機 APP 可以讓你在很遠的地方打開你家車庫的門，還有點亮電燈。我還知道有一種檯燈是拍手或是發出很大的聲響時就可以點亮它。那聲音真的很大聲，或許愛莉藏了某種錄音裝置在電視或是電子琴附近。就像我奶奶幾個月前曾經用過的那種。」克萊兒搔搔

她的頭,「但電視上的那些雜訊畫面該怎麼解釋?愛莉要怎麼樣才能做到?」

凱斯沒有頭緒。

「如果愛莉真的放了某種錄音裝置在電視或是電子琴附近,為什麼那段錄音會如此難懂?」克萊兒問。

凱斯還是沒有頭緒。

「還有其他人能夠做到所有的事情嗎?」凱斯問。

克萊兒聳聳肩。「真的幽靈嗎?或是不只一個幽靈?或許他們只是因為某些原因不想出現而已。」

「或許。」凱斯說。

「或是某個我們還沒見過的人,又或是某個

我們完全忽略的人。」克萊兒說。

* * * * * * * * * * *

　　那天晚上，當克萊兒熟睡的時候，凱斯聽到
圖書館的門口傳來奇怪的聲響。

　　「那是什麼？」凱斯問貝奇。

　　他們正在文學圖書室裡，貝奇試著將一本踏
地書變成幽靈書，不過他沒有這麼好運。

　　「什麼是什麼？」貝奇不耐煩地問。

　　「你沒聽到嗎？」凱斯問。

　　凱斯把頭轉向門口，看能否再聽到那個聲響。
「一開始那聲音聽起來像是有書被丟進還書箱，
但我覺得我聽到了……**哭嚎聲**。」

　　「幽靈的哭嚎聲？」貝奇說。

　　凱斯點了點頭。

兩個幽靈都盡可能地靜止不動，凱斯甚至還不呼吸了，專注地聽著。

幾分鐘後，他們都聽見了低沉陰森的「嗚

～～～～～～～～～～！」

第七章

另一個幽靈

科斯莫帶著凱斯和貝奇來到圖書館入口，他飄到還書箱前聞了聞。

「汪！汪！」科斯莫吠了兩聲，他的尾巴來回搖擺。但那不是生氣的叫聲，而是開心的叫聲。

「科斯莫？」還書箱裡傳來小小的聲音。

凱斯驚訝得張大嘴巴，他認得這個聲音。「小約翰？」

　　「凱斯？」還書箱的牆面浮現了一張年幼幽靈的臉孔。

　　「小約翰！」凱斯衝了過去。「真的是你！」

　　小約翰的身體穿過還書箱，兩個幽靈兄弟又抱又跳了起來。科斯莫也興奮得難以控制，他跳到小

約翰身上，對著小約翰舔了又舔。

「你從哪裡來的？你怎麼來到這裡的？你會留下來嗎？」凱斯有好多問題想問。

「留下來？」貝奇說：「你的意思是我需要照顧兩個小鬼頭跟一隻狗嗎？」

「你不需要照顧我們。」凱斯告訴貝奇。

那瞬間，貝奇看起來受到了傷害，或是失望，或是什麼。會不會貝奇其實很喜歡照顧凱斯跟科斯莫呢？可能嗎？

「這是誰啊？」小約翰問凱斯。

「他是貝奇，」凱斯說：「他也住在這裡。貝奇，這是我的弟弟小約翰。」

「猜得到。」貝奇說。

「你在這裡多久了？」小約翰問凱斯。

「我們的靈靈樓被拆除之後就到這了，」凱斯回答小約翰：「風把我從這裡其中一扇窗戶吹進來，那之後你發生了什麼事呢？」

「一開始我被吹進一個棚舍，」小約翰皺起鼻子說：「那裡有好多踏地牛，牠們一直對著我哞哞叫，而且聞起來好臭。我不喜歡那裡，所以就離開

了。」

「你自己跑到外面去？」凱斯大叫。幽靈從不會自己決定往外跑。

「總比待在牛舍好。」小約翰一邊搔著科斯莫的耳朵一邊說。

「然後呢？」凱斯問。

「風把我吹進一間房子，那房子住著一家幽靈跟一家踏地人。有個幽靈女孩六歲，跟我一樣大。」小約翰說：「晚上的時候我們喜歡發光嚇嚇那些小踏地人！」

「小約翰！」凱斯出言責備。

「幹嘛？很好玩耶。」小約翰笑嘻嘻地說。然後他突然正經了起來，「那些幽靈跟我說，我或許能在圖書館找到家人。所以我乘著風來到了這裡，

但風一直把我吹離圖書館，而不是把我吹進圖書館。」

「我想科斯莫是不是有看到你，」凱斯說：「這或許是他最近這麼不安分的原因！」凱斯不得不承認，科斯莫現在看起來平靜多了。

「你最後是怎麼進到這裡的？」貝奇問小約翰：「依我看，從還書箱進來圖書館，可比穿越牆壁還要更難。」

「除非你跑到書裡面！」小約翰咧嘴笑，「當我發現我進不了圖書館，我隨著風到了另一間房子裡。那裡的踏地人有圖書館的書，所以我就跑進其中一本，然後等著他們到圖書館還書！」

凱斯和小約翰整晚聊著發生的所有事情，科斯莫則繞著他們踏步（飄）。最後，凱斯告訴小約翰

有關克萊兒的事情，還有 C&K 幽靈偵探塔樓。

小約翰目瞪口呆的看著凱斯。「你跟踏地人當朋友？」他大叫著：「爸爸跟媽媽知道嗎？」

「他們不知道，自從我們的靈靈棲被拆了之後，我就沒見過爸爸媽媽了。」凱斯說。

「你沒見過？」小約翰說：「你的意思是媽不在這？」

「她不在這，」凱斯回答：「為什麼你會覺得媽媽在這裡？」

小約翰從口袋拿出了一小顆藍色珠子。

凱斯盯著串珠，他大叫：「那是媽媽項鍊上的珠子！」

「我知道，」小約翰說：「媽媽曾經在那棟有幽靈家庭的房子裡，但那是在我到那裡之前的事情

了。他們跟媽媽說圖書館也有幽靈，所以她就離開那裡去找圖書館。媽媽想知道圖書館裡的幽靈是不是我們。」

凱斯摸了摸口袋拿出了他的珠子，跟小約翰手上的珠子一模一樣。

「你也有！」小約翰大叫。「意思就是媽媽曾經在這裡，那她去哪了？」

凱斯搖了搖頭。「媽媽沒有來過這裡，」他說：

「我想是芬恩在我來之前曾經待在這裡，但媽媽沒來過這裡。」

「那你的珠子是哪來的？」小約翰問。

「我在克萊兒的學校裡面找到的，」凱斯說：「但媽媽現在也不在那裡了，我不知道她去了哪裡。」

小約翰嘆了口氣，「為什麼我們家的成員不能待在同一個地方？這樣我們或許就能找到他們了！」

「我跟克萊兒正努力去找到每一個人，」凱斯說：「這是我們成立 C&K 幽靈偵探塔樓的原因之一。」

小約翰一臉懷疑，「我不相信一個踏地女孩會真心想幫你找到我們的家人。」

「踏地人沒有那麼壞，小約翰。」凱斯說：「一旦你認識他們，會發現大部分的踏地人都很友善。」

小約翰轉向貝奇問道：「這是真的嗎？」

貝奇並沒有立刻回答問題，但當他開口時，他說：「不予置評。」

＊　＊　＊　＊　＊　＊　＊　＊　＊

「我不想見她。」隔天早上，凱斯和科斯莫領著小約翰飄到廚房門口，小約翰不開心地說：「我不要見你的踏地朋友。」

今天是禮拜六，所以克萊兒還穿著她的睡衣，坐在廚房的餐桌旁吃早餐。克萊兒還沒注意到凱斯跟小約翰，但克萊兒的貓，索爾，看見他們了。索爾經過他們下方時，發出吼叫聲。

科斯莫對著索爾吠叫。

克萊兒轉過頭去。「喔，早啊！凱斯。」克萊兒微笑說道。她拿紙巾擦了擦嘴，「這是你朋友？」

凱倫奶奶在爐子前面煎著鬆餅，她轉過頭看克萊兒在說什麼。

小約翰一看到凱倫奶奶，嚇得發光了。

「喔，我的天！」凱倫奶奶眼睛瞪得大大的，「我看得到幽靈！」

「那是因為他發光了。」克萊兒說。

小約翰一路倒退飄回客廳，遠離廚房，然後大喊：「你沒有跟我說還有其他踏地人！」

「那是克萊兒的奶奶，不用擔心，她不會傷害我們。」凱斯說：「就算她真的想傷害你，只要

99

你不發光，她也看不到你，你不哭嚎她也聽不見你。」

「她的頭髮怎麼了？」小約翰問：「為什麼會有粉紅色條紋？」

「我也不知道，」凱斯聳聳肩。「她就長這樣。」

克萊兒踮著腳尖，躡手躡腳地走進客廳，「凱斯？」她呼喚著。

雖然小約翰沒有發光了，但克萊兒依舊能看到他。

「克萊兒，這是我弟弟小約翰。小約翰，這是克萊兒。」凱斯說。

克萊兒**慢～慢～地～**伸出她的手。

小約翰緊張地看著凱斯。「她要幹嘛？」他問：

「我又不能跟她握手，我的手會穿過她。」

「我知道，」克萊兒對著小約翰說：「但我們還是可以試著握手，除非你也不喜歡穿過踏地物品？」

小約翰吞了好大一口口水。「凱斯才是膽小鬼，我不是。我可以穿過踏地物品的。」他把手伸向克萊兒，然後盡可能地握手。

「膽小鬼是吧？」克萊兒問凱斯。

凱斯做了個鬼臉。

「我們爺爺這樣叫凱斯。」小約翰說著，嘴角緩緩上揚。克萊兒笑出聲，就這樣，他們全都成了朋友。

凱斯和克萊兒帶著小約翰參觀圖書館，然後他們跟小約翰說了五點鐘幽靈的事情。克萊兒甚

至還給小約翰看她的線索紀錄本，貝奇在一旁看著他們。

「我們沒有什麼明確的線索破解這個案件，」克萊兒說：「我們都只有觀察而已，傑佛瑞一家的車庫門升起，客廳的檯燈點亮，電視傳出奇怪的聲音，還有螢幕上的那些雜訊畫面。奇怪的聲音甚至能從電子琴裡傳出來，而這些都是在五點鐘的時候發生的，持續大約 15 或 20 分鐘。然後全部停止，這可能是幽靈搞的鬼，也可能是大衛的姊姊或是其他人。我們完全不知道到底是怎麼回事。」

「聽起來像是某種電磁干擾。」貝奇說。

「那是什麼？」克萊兒問。

「妳在圖書館，」貝奇說：「去查。」

克萊兒拿出手機，「怎麼拼？」

「不在妳的手機上，」貝奇碎念著：「去找書！」

「為什麼？」克萊兒問：「有差嗎？算了。我找到一篇相關文章了。」她瞇起眼看文章。「我看不懂在說什麼。」

「或許找書看妳就看得懂了。」貝奇說完便穿過書架回到他的祕密房間。

「這文章說跟無線電頻率有關……」克萊兒一邊看著手機一邊說。

「所以，跟幽靈無關？」凱斯說。

克萊兒搖搖頭。「上面說有很多東西能造成干擾，收音機、電視，甚至是手機。」

「手機？」凱斯說：「所以可能是愛莉用她的

手機做了什麼？」

　　「可能是。」克萊兒用手指輕敲自己的下巴。「或許她不知道自己做了什麼，讓她的手機引起某種干擾。」

　　「那我們要怎麼確定呢？」凱斯問。

　　克萊兒咧嘴笑。「我有個點子，但我們會需要你弟弟幫忙。」

第八章

危險任務

「**我？**」小約翰大叫：「我能幫什麼忙？」

對呀！凱斯心想，他努力不去嫉妒小約翰。**小約翰能幫上什麼忙？**

「記得嗎？大衛的媽媽說大衛跟小班禮拜一要去看牙醫。」克萊兒說。

「所以呢？」凱斯說。

「所以，愛莉可能會去找她的朋友。」克萊

兒說：「意思就是，沒有人會在大衛家。我在想那個『幽靈』，」克萊兒用手指在空中比了引號強調，「家裡沒人的時候是不是還會出現。」

真是個好問題，凱斯想著。

克萊兒繼續說：「小約翰能穿牆，所以或許小約翰能進到大衛家中為我們查明真相。」

「這真是糟透了的點子。」貝奇說：「糟糕而且危險。」

「我又不是不能穿牆⋯⋯」凱斯開口說。

「我知道，」克萊兒打斷凱斯。她和小約翰異口同聲的說：「你只是不喜歡。」

「我喜歡穿牆，」小約翰說。他一個轉身便把頭穿進文學圖書室的牆壁並消失。「看吧？」他在隔壁房間喊著。

然後他再穿牆回來。「但我要怎樣進到那個男孩家裡面啊？我不是得先到外面才能進到那間房子裡嗎？風會把我吹過頭的。」

克萊兒拿起她的水壺。「這就是凱斯到外面的方式。」她說：「如果我能把水壺靠在大衛家的牆上，或許你能穿過水壺跟牆壁。」

「喔，」小約翰說：「好啊。」

這能出什麼差錯呢？

＊　＊　＊　＊　＊　＊　＊　＊　＊　＊

「不行！」禮拜一時貝奇喊道：「妳不能讓這麼小的孩子自己進到房子，這太危險了！」

「不關你的事，貝奇！」克萊兒一邊扭開水壺瓶蓋一邊說。

凱斯、小約翰和科斯莫都縮小……縮小……

縮⋯⋯凱斯從瓶口飄進克萊兒的水壺，而小約翰和科斯莫則從瓶身的星星圖案穿越進入水壺。

水壺裡放入三個幽靈顯得有點擠，他們得縮得再小一點才能擠得進去。這讓外面的事物看起來更加巨大，也更加可怕。

「我跟妳說了，這是個糟糕的點子。」貝奇一路跟著他們走到門口。「真的是很**糟**的點子。」

「我可以的，貝奇，」小約翰說：「不用擔心我。」

凱斯為自己的弟弟感到驕傲，但同時也感覺到一絲嫉妒。驕傲，嫉妒，驕傲，嫉妒，兩種感受像是在凱斯心中拔河交戰著。

「我現在要開門了，貝奇。」克萊兒說著把

手放在門把上，「你最好不要站在這裡。」

「哼！」貝奇退開遠離門邊。

克萊兒帶著凱斯，小約翰和科斯莫上街，水壺在她身上搖擺著。

過了一會兒，小約翰說：「這感覺……很奇怪。」

「什麼很奇怪？」

「我們人在外面，但又不是真的在外面。」小約翰四處張望著。

「我們安全地在外面移動，」凱斯說：「現在，來瞧瞧能不能破解這個案子。」凱斯能感覺到，就快了。

當他們到了大衛家的那條街時，凱斯看到同樣的那位女士，在花園一邊忙著一邊聽收音機。

等等……收音機？克萊兒在看那個電……什麼干擾的文章時，有說到什麼跟收音機有關的事。

「克萊兒？」凱斯呼喚著克萊兒。**「克萊兒！」**現在的他比平時小得多，所以他更大聲地呼喊引起克萊兒注意。

「怎麼了？」克萊兒說著把水壺拿到眼睛的高度前。

凱斯指著草地上的收音機。「那台收音機會不會就是造成干擾，讓大衛家發生那些奇怪事情的原因？」

克萊兒轉身，「那台小東西？我不知道耶。我們家有一台像那樣的收音機，但它從來沒有造成我們家電視發生任何問題。但……如果我們的

推測是對的，那或許她也有干擾問題，去看看吧。」

克萊兒匆匆走了過去，「嗨，又是我。」克萊兒在那位女士的收音機旁停下。

女士抬頭看克萊兒，「喔，哈囉。」她舉起手遮著陽光。「妳是傑佛瑞家那些男孩的朋友，對吧？」

「是的，」克萊兒回應道。「妳有聽說他們家有發生什麼怪事嗎？」

「怪事？」

「對啊，」克萊兒說：「像是他們家的車庫門自己升起，還有檯燈自己亮起來。他們的電視畫面出現雜訊，還有他們聽到有聲音從電視跟電子琴傳出來。」

「從他們家的電子琴？真的啊？」那位女士變換了一下腿的姿勢。

「對啊，而且這些事情總是在五點鐘的時候發生。我只是疑惑五點鐘的時候，您的收音機有沒有出現任何狀況？」

「嗯，聽妳一說，五點鐘左右的時候，似乎是有一點點雜訊干擾，」那位女士說：「我也不知道為什麼，其他時間都是正常的。」

「真怪。」克萊兒說。

所以⋯⋯無論怎麼回事，事情並不是只發生在大衛家而已。

「我們應該要跟多一點這條街上的人談談。」他們繼續往前走時，凱斯說：「或許其他人也有一樣的問題」。

「或許，」克萊兒說。她拿起手機確認，「離五點還有幾分鐘，我們可以跟幾位鄰居談一談。」

克萊兒跑到下一間房子並按了門鈴。一位女士抱著一個正在哭泣的嬰兒打開門，「妳是？」她聲音疲憊地問道，同時輕輕地搖著嬰兒。

「我想問，」克萊兒開口道：「最近五點的時候，妳有注意到屋裡有發生什麼奇怪的事情嗎？像是車庫門自己升起來？或是檯燈自己亮起來？又或是電視螢幕有沒有出現雜訊？」

那位女士臉色一沉，「我不知道妳打算要賣什麼，但我沒時間理妳。抱歉。」說完便把門甩上。

凱斯、科斯莫跟小約翰都嚇了一跳。

「好差勁喔！」小約翰說。

克萊兒找下一家嘗試，但沒人在家。

「我們應該是還有時間可以再找一家，然後我們就該去大衛家了。」克萊兒踏上第三戶人家的台階時說。大衛家與這棟房子中間還隔著兩棟。

凱斯從前面的窗戶注意到屋內的燈在閃爍。

「**等等！**」他搶在克萊兒按門鈴前大叫。

「怎麼了？」她說。

「這間房子裡面有電視。」凱斯說。

「所以呢？」克萊兒說。

「所以我想，五點的時候，觀察這台電視會不會有奇怪的事發生應該蠻有意思的。」凱斯說：「我們知道傑佛瑞家現在沒人。如果五點的時候，這裡發生了什麼奇怪的事，那我們就知道跟大衛的家人或躲在大衛家的幽靈無關。」

克萊兒走近窗戶後說：「我沒辦法清楚看到電視的狀況。」

「那妳可以把我送進這間房子，而不是另外那間房子。」小約翰建議：「那我就可以告訴妳五點鐘的時候有沒有發生任何事。」

「嗯，」克萊兒說：「好吧，但我不確定怎麼把你送進這間房子，可能會有人看到我在門廊。」克萊兒趕緊後退走下台階，左右看了看，然後飛奔到一旁的院子。她低身蹲俯，然後慢慢地往房子的方向爬行，並躲到樹叢後面。

「好了，小約翰。」克萊兒把水壺緊靠在牆上時說：「我會把水壺放在這裡。你得記住從相同的位置穿越回來喔！」

「我會的。」小約翰說。

凱斯抓著科斯莫確保他的幽靈狗不會跟著小約翰飄出去。

　　「唷呼！」小約翰大叫一聲：「這一定很好玩！」他翻了個筋斗穿過水壺，進到房子裡了。

　　凱斯嘆了口氣。小約翰在穿過物體的時候都

要這麼花俏嗎？

　　然後，凱斯、科斯莫和克萊兒等著。

　　繼續等著。

　　然後又多等了一下。

　　「我的手有點痠了。」克萊兒說完便換了姿

勢，還換另一隻手抓著水壺。

「妳的手不能放開！」凱斯大叫：「妳從頭到尾都不能移動水壺，一點點都不行。」如果克萊兒移動了水壺的位置，當小約翰回來的時候，他有可能會錯過水壺然後被風吹走。

「我知道，」克萊兒盯著天空說：「我在想現在幾點了？天色快黑了。」

克萊兒依然把水壺緊靠著牆面，她拿出手機並確認時間。「五點四十分了，凱斯。你弟弟現在應該要出來了。」

喔不。小約翰是不是遇上壞事了？他會不會穿越錯地方，然後跑到外面失蹤了？

第九章

抽絲剝繭

「**我**跟科斯莫必須進去。」凱斯說:「我們必須找到小約翰。」

唯有如此才能找到小約翰。

「可是你又不喜歡穿過踏地物品。」克萊兒說。

「我知道,」凱斯說。但他沒有其他選擇。

不要想著要穿牆,凱斯告訴自己。**做就對了。**

就像按下電子琴的按鍵,還有那把劍。

「好，我們走。」凱斯抓著他的狗，深呼吸一口氣，然後從水壺這一側穿進房子的牆裡。

牆壁比凱斯預期得還要厚。有一瞬間，感覺到牆壁把凱斯往後推。凱斯緊緊抱住科斯莫，然後使勁力氣踢腿。他能感覺到牆壁滑過他的身體，這種感覺讓他非──常反胃。但他只能使勁踢著，直到他完全穿過牆壁為止。

當凱斯和科斯莫安全抵達後，他放開了他的狗，並甩動身體。「我辦到了！」他輕聲歡呼，「我真的辦到了。」

「汪！汪！」科斯莫叫了起來。

現在來找小約翰。

凱斯四處張望，他在某個人的臥室裡。從房間裡滿滿的玩具卡車來看，是小男孩的房間。

「小約翰？」凱斯邊飄邊喊著，他來到走廊，科斯莫跟在他身後飄著。「你在哪，小約翰？」

凱斯和科斯莫沿著走廊到了客廳。擺在角落的電視開著，有兩個踏地男孩，看起來比小約翰年紀大一點，但沒有跟凱斯同齡。他們盯著兩台看起來在地上自動奔跑的玩具車。兩個男孩手上都各自握著有一堆按鍵的奇怪東西，小約翰飄在他們的頭上。

「找到你了！」凱斯大喊。

小約翰轉頭，「凱斯！」他驚呼：「你穿牆過來了？」

「對，」凱斯說：「因為你一直沒回來，你為什麼不回來？」

「因為！你看！」小約翰指著地上的玩具車，

「那叫做遙控汽車，這兩個男孩用他們手上拿的東西讓車子動起來。」

踏地男孩，當然不知道有兩個幽靈男孩正盯著他們看。

凱斯皺了皺眉頭。他不確定他是因為看到小約翰沒事而感到鬆一口氣，還是因為小約翰自己在這裡開心，卻讓他跟克萊兒兩個在外面擔心而感到生氣。

「你來這裡是有任務在身的，小約翰。」凱斯雙手插著腰說：「你應該要在五點的時候觀察有什麼事情發生。」

「我有啊！」小約翰說。

「然後呢？」凱斯說：「你有看到什麼嗎？」

「我看到電視上有雜訊，而且電視有傳來奇

怪的聲音。就像你在另外那間房子聽到的那樣，」小約翰說，「不過現在已經沒有了。」

「聲音聽起來很恐怖嗎？」凱斯問。

「對啊，」小約翰說：「但那兩個男孩沒有感到害怕。他們很生氣，因為他們沒辦法看想看的節目。」

「你聽得懂那聲音說出來的話嗎？」凱斯問。

「一點點，」小約翰說：「我聽到W ... B ...0...什麼的。然後我又聽到『Whisky，Bravo，0，Leema，Bravo，Bravo...』還有『小藍孩』跟『明天同一時間』。」

所以，有一些字是凱斯和克萊兒在大衛家有聽到的，但小約翰在這裡聽到了其他的字跟句子。

「你有看到幽靈嗎？」凱斯問。

「沒有。」

「你有看到什麼東西從電視跑出來嗎？可能是發出那聲音的東西……」凱斯問。

「沒有。」小約翰搖了搖頭。

那麼到底是誰在大衛家的社區惡作劇呢？是踏地人還是幽靈呢？

＊ ＊ ＊ ＊ ＊ ＊ ＊ ＊ ＊ ＊ ＊ ＊

「或許我們應該暫時忘記電磁干擾的想法，然後把重點放在從大衛家的電視跟電子琴上聽到的東西。」那天稍晚，克萊兒在圖書館時提議道。

小約翰和科斯莫玩耍著，貝奇在讀書。而凱斯和克萊兒檢視一遍克萊兒筆記上寫的所有東西。

W ... B ...O...

Whisky，Bravo，O，Leema，Bravo，
Bravo。

小藍孩。

明天同一時間。

「我不懂。」克萊兒說。

「嗯，『小藍孩』是首童謠，」小約翰
提起：「不記得了嗎？凱斯。奶奶以前會唱

『小藍孩，吹起你的號角來。』」

凱斯想起來了。他對小約翰唱出了剩下的部分，

「綿羊草地遊，牛兒穀田哞。但看羊的男孩去哪溜？乾草堆下睡很熟。」

「好的，」克萊兒說：「但這童謠跟大衛他們家社區發生的奇怪現象有什麼關連嗎？」

凱斯和小約翰都聳了聳肩。

克萊兒又回到筆記本上。「小藍孩明天同一時間會去看羊？」她又說：「還是小藍孩明天同一時間睡很熟呢？」

「在五點的時候嗎？」凱斯說。

「五點睡覺也太早了。」克萊兒往後靠到椅背上。「那……Whisky，Bravo，0，Leema，Bravo，Bravo 又是哪來的？那些都是什麼意思啊？」

「要是有個地方，嗯，像是圖書館，可以讓你查資料的話就好嚕。」貝奇邊說邊翻頁。

「有啊，」克萊兒說：「網路！」她從椅子

上跳了起來。

　　貝奇抱怨了起來，「現在已經沒有人會從書裡面查資料了嗎？」

　　幽靈們跟著克萊兒到了文學圖書室。圖書館已經關門了，所以克萊兒選了想用的電腦。

　　克萊兒在第一台電腦前坐下，然後開始打字輸入。「嗯⋯⋯」她說，瞇起眼睛看著螢幕。「我

想應該是 Lima，而不是 Leema。」她又輸入了其

他聽到的字，然後螢幕上出現了新的東西。

　　「北約音標字母？」凱斯在克萊兒身後念出

螢幕上的字，「那是什麼？」

　　「我不知道，」克萊兒說。她輸入**北**・**約**・

音・**標**・**字**・**母**，然後出現了另一篇文章。

「看起來是某種代碼之類的。」克萊兒說著，邊

滑動滑鼠滾輪閱讀文章。「當人們交談卻聽不清
楚時，他們會使用北約音標字母拼出沒聽清楚的
字。Whisky（威士忌）、Lima（利馬）、Bravo（太
棒了）都是北約音標字母。」克萊兒搖了搖頭。
「但W—B—0—L—B—B不能拼出任何字來
啊。」

「妳何不輸入 W—B—0—L—B—B 看看？」凱斯提議。「或許是我們不知道的意思。」

克萊兒輸入 W・B・0・L・B・B，每個人都緊盯著螢幕看會出現什麼。

業餘無線電執照——WB0LBB——J.C. 希爾

「J.C. 希爾，」克萊兒說：「這是誤送到大衛家的雜誌上的名字！那是大衛的鄰居！我懷疑他和所有事情都有關連。」

「或許明天放學後，我們應該去見見他，查明真相。」凱斯提議。

「我也得去嗎？」小約翰說。

「你不想跟我們一起來嗎？」凱斯有點意外。

小約翰聳了聳肩。「聽起來很無聊。我寧願待在這裡跟科斯莫玩，還有貝奇。貝奇，你會念故事給我聽嗎？」

「會吧。」貝奇說。

於是，隔天只有克萊兒和凱斯到大衛的鄰居家。凱斯有一點點開心小約翰不想來，這樣他就不用擔心他弟弟會被什麼東西分心，也不用擔心科斯莫。

克萊兒還記得那天是把雜誌送到哪一間房子。她踏上台階來到門廊，按了電鈴。

一個白髮蒼蒼，一頭捲髮的男人應了門。「妳好？有什麼事嗎？」他問。

「你是 J.C. 希爾嗎？」

「沒錯，」男子謹慎地回答。「妳是？」

「我叫克萊兒。克萊兒‧坎朵爾。你有業餘無線電執照嗎？」

「怎麼了？我確實有。」J.C. 顯得又驚又喜，「為什麼妳會這麼問？我不認為現在的小孩會對業餘無線電感興趣。」

「是這樣的，我對無線電沒有很了解，」克萊兒承認，「但我好奇，業餘無線電能不能讓車庫自己升起來呢？或是不需要按開關也能讓檯燈自己亮起來？還有它會造成電視畫面出現波浪線條的雜訊，讓電視和電子琴發出可怕的聲音嗎？」

J.C. 低吟了一聲，「妳是鄰居嗎？妳是不是遇到一些電子干擾？」男子走出來，站到門廊。

「我不是你的鄰居，所以我沒有遇到任何問題，」克萊兒說：「我是個偵探！我在試著找出

為什麼你的鄰居會遇到剛剛那些狀況。」她告訴

J.C. 這個社區幾間房子發生的事。

　　J.C. 再度低吟了一聲。他說：「我很抱歉，

我並不認識這些左鄰右舍，這是我女兒的房子。

我最近身體健康出狀況，所以幾個禮拜前搬來跟她一起住。我女婿上週末才架設好我的無線電，好讓我跟在佛羅里達的無線電團體聊天。我每天五點會上線跟我的好友聯絡，我完全不知道造成鄰居們困擾了。」

　　「我們還不確定是不是你的無線電造成的，」克萊兒說：「我們只是想說有可能是。」

　　「那我們一起來看看是不是吧。」J.C. 說。

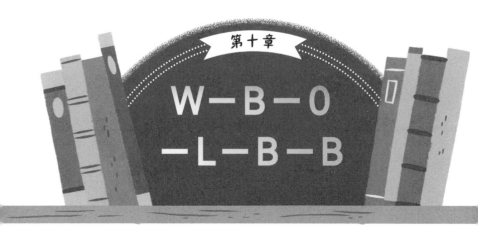

第十章

W－B－O －L－B－B

克萊兒帶著 J.C. 去見鄰居，凱斯在克萊兒的水瓶裡聽著大家的對話。一些距離最近的鄰居，表示他們有注意到在五點的時候，電視會出現波浪雜訊跟發出奇怪的聲音。但 J.C. 家兩側的房子似乎問題最嚴重。

「如果是我的無線電造成干擾的話，我很抱歉。」J.C. 站在傑佛瑞家門廊前跟傑佛瑞太太、大衛還有小班說。

「可以請妳現在把電視打開嗎？我想確認我的無線電是否對你們造成影響。」

「沒問題。」傑佛瑞太太說：「我也想知道。不管是什麼原因造成的，我很確定跟幽靈無關。」她撥了撥小班的頭髮。

「幽靈？」J.C.輕笑出聲，「你覺得我是幽靈啊？小朋友？」

小班聳了聳肩，躲到媽媽身後。

J.C.微笑對著傑佛瑞太太說：「如果是我的無線電造成干擾，我有辦法可以解決。」然後他轉過頭對克萊兒說：「妳想要看看業餘無線電是怎樣的東西嗎？」

「當然。」克萊兒手緊壓著腰間的水壺。

「我也可以去看嗎？」大衛問。

「我也要！」小班哀求著。

「小班，你要不要跟我留下來呢？我們可以看看電視有沒有受到干擾啊。」傑佛瑞太太說。

小班低聲抱怨，不過表情突然亮起來，「那我們也可以看看有沒有聲音從電子琴傳出來

嗎？」

「好啊，我們把電視跟電子琴都打開，然後瞧瞧會發生什麼事。」傑佛瑞太太說著，便帶著小班回到房子裡。

克萊兒、大衛跟著J.C.到了隔壁，一進屋J.C.便帶他們走到廚房旁邊的小房間。

「歡迎來到我的小窩。」J.C.張手展示他的房間。有張大桌子上面放著很多電子儀器，除此之外，房間沒什麼其他東西。有個小窗戶可以看到後院。

「為什麼你要叫這裡為小窩？」大衛問。

J.C.微笑著說：「那是我們這些火腿稱呼電台工作室的詞。」說著J.C.一屁股坐到凳子上。

「火腿？」克萊兒皺了皺鼻子。

「火腿是業餘無線電人員的另一個名稱。」他說。

J.C.打開了其中一台機器，而克萊兒跟大衛站在他兩旁。

那台機器跟凱斯之前看過的收音機相比大多了。而且這台機器沒有播放音樂，只有對話。有時候聽不太清楚傳出來的話，尤其是J.C.轉大旋鈕的時候。一個聲音漸漸消失，而另一個聲音則漸漸變大聲。J.C.又稍微地轉了一下大旋鈕然後停下來。

無線電沒有任何聲音。

「現在還沒五點，不過來看看我的朋友有沒有在線上，」J.C.說著，拿起了麥克風。「K－A－0－I－A－0……K－A－0－I－A－

O……K—A—0—I—A—0，W—B—0—L—B—B呼叫。小藍孩呼叫K—A—0—I—A—0。」

「小藍孩是什麼？」克萊兒問。

「就是我。」J.C. 微笑說著：「我叫小藍孩。B 在無線電中難以辨別，B 的發音聽起來會像 D、E、G、P、T 或是 V。所以有時候我會說 Lima，Bravo，Bravo ，但小藍孩[1] 聽起來更有趣些，不是嗎？」

克萊兒跟大衛都認同更有趣。

J.C. 再次拿起麥克風。「K—A—0—I—A—0……K—A—0—I—A—0，W—B—

註 1　小藍孩：英文為 Little Boy Blue，為知名英文童謠。字首分別為 L－B－B。與 J.C. 的電台執照編號末三碼相同。

O—L—B—B呼叫。唐娜，妳在嗎？」

幾秒鐘後，一個聲音沙啞的女生聲音從無線電中傳來。「W—B—O—L—B—B。這裡是K—A—O—I—A—O。我以為晚餐前不會聽到你的聲音。」

「我們去看看J.C.是不是出現在我們的電視

或電子琴上吧。」大衛說。

「好吧。希爾先生，繼續說下去。」克萊兒
抱緊水壺說：「我們馬上回來。」

克萊兒和大衛跑到隔壁去。大衛家的車庫開
著，所以他們從車庫進入屋內。

「又有聲音從電視跟電子琴裡傳出來了。而

且現在根本還沒五點！」當大衛和克萊兒一走進客廳，小班馬上喊著。

凱斯注意到桌上的檯燈也亮著。

他們看到電視上出現的雜訊畫面，而且也聽到 J.C. 說話的聲音含糊地從電視跟電子琴裡傳出來。因為他們已經知道 J.C. 這個人，所以可以辨識出聲音是 J.C. 的聲音，聽起來也一點不可怕了。事實上，反而聽起來有點好玩。

克萊兒跟大衛回到 J.C. 的家時，J.C. 正好與 K—A—O—I—A—O 通話結束。

J.C. 在凳子上轉過身去，面向克萊兒跟大衛，「你們有發現什麼干擾現象嗎？」他問。

「有啊，車庫的門打開了，檯燈亮了，然後你的聲音再一次從電視跟電子琴裡傳出來。」大

衛說。

「我很抱歉，」J.C.說：「但我確信我們能解決這個狀況。我們會在你家還有附近鄰居家安裝過濾器，或將一些電線包起來。我問問看我女婿這週末能不能幫我。」

「好，」大衛說：「我會跟我媽媽說，很高興能認識你。」

「我也很高興認識你。」J.C.說。

＊ ＊ ＊ ＊ ＊ ＊ ＊ ＊ ＊ ＊

那天傍晚過後，克萊兒的爸媽結束會議行程回來了。

「所以，我們不在的時候妳做了些什麼啊？」克萊兒的爸爸抱起克萊兒問。

「沒什麼。」克萊兒說。

「什麼叫『沒什麼』？」凱斯說：「我們又破了一個案子耶！」

「我認識了一個業餘無線電人員。」克萊兒說。

「聽起來很有趣。」克萊兒的爸爸說。

當克萊兒在跟爸媽說話的時候，凱斯到工藝室加入小約翰、貝奇與科斯莫。

「凱斯，準備好來練習幽靈技巧了嗎？」貝奇問。

「你知道凱斯現在可以穿牆了嗎？」小約翰問貝奇。

「你可以穿牆了？」貝奇問。

「我一直都可以。」凱斯抱怨道。

「你是這樣說啦，」貝奇抱著胸說：「但我

從沒見過你穿牆。」

「好，那我就穿牆給你看！」凱斯飄到了牆邊，那面牆沒有任何書架或櫥櫃靠著。這應該會比穿過克萊兒的水壺之後又穿過大衛家的牆來得簡單才是。

不要想太多，做就對了，凱斯告訴自己。他深呼吸一口氣，閉上雙眼，閉氣，然後穿過牆到了通廊。當凱斯穿過牆後，他睜開雙眼，甩了甩身體。**感覺沒很糟嘛。**

凱斯轉身再次穿過牆回到工藝室。「看吧？」他跟貝奇說。

「嗯，也該是時候了。」貝奇說。「現在或許是你們一訪我祕密房間的時候了。」

「祕密房間？」小約翰眼睛一亮，「什麼祕

密房間？」

「就在那邊的書櫃後面。」貝奇指向書櫃。

小約翰沒有等貝奇開口邀請，一個箭步就穿過那面書牆了。

幾秒鐘過後，小約翰從牆的另一邊大喊：「凱斯！你快來看！」

國家圖書館出版品預行編目資料

鬧鬼圖書館. 4：五點鐘出沒 / 桃莉.希列斯塔.巴特勒（Dori
Hillestad Butler）作；奧蘿.戴門特（Aurore Damant）繪；
亞嘎譯. -- 臺中市：晨星，2018.07
面；　公分.--（蘋果文庫；96）
譯自：The five o'clock ghost
ISBN 978-986-443-454-1（平裝）

874.59　　　　　　　　　　　　　　107006321

蘋果文庫 096

鬧鬼圖書館 4：五點鐘出沒
The Five O'Clock Ghost #4 (The Haunted Library)

作者｜桃莉・希列斯塔・巴特勒（Dori Hillestad Butler）
譯者｜亞嘎
繪者｜奧蘿・戴門特（Aurore Damant）

責任編輯｜呂曉婕
封面設計｜伍迺儀
美術設計｜陳柔含
文字校對｜呂曉婕、陳品璇、陳品蓉
詞彙發想｜亞嘎（踏地人、靈靈棲）

創辦人｜陳銘民
發行所｜晨星出版有限公司
行政院新聞局局版台業字第2500號
E-mail｜service@morningstar.com.tw
晨星網路書店｜www.morningstar.com.tw
法律顧問｜陳思成律師
郵政劃撥｜15060393（知己圖書股份有限公司）
讀者服務專線｜04-2359-5819#212

印刷｜上好印刷股份有限公司

出版日期｜2018年7月20日
再版日期｜2023年11月1日（二刷）
定價｜新台幣160元

ISBN 978-986-443-454-1

蘋果文庫 悄悄話回函

親愛的大小朋友：

感謝您購買晨星出版蘋果文庫的書籍。歡迎您閱讀完本書後，寫下想對編輯部說的悄悄話，可以是您的閱讀心得，也可以是您的插畫作品喔！將會刊登於專刊或FACEBOOK上。免貼郵票，將本回函對摺黏貼後，就可以直接投遞至郵筒囉！

★ 購買的書是：**鬧鬼圖書館4：五點鐘出沒**＿＿＿＿＿＿＿＿＿＿＿＿＿＿＿＿＿＿＿＿＿＿＿

★ 姓名：＿＿＿＿＿＿＿＿＿　★性別：□男 □女　★生日：西元＿＿＿＿＿年＿＿月＿＿日

★ 電話：＿＿＿＿＿＿＿＿＿　★e-mail：＿＿＿＿＿＿＿＿＿＿＿＿＿＿＿＿＿＿＿＿＿＿＿＿

★ 地址：□□□ ＿＿＿＿＿＿ 縣／市 ＿＿＿＿＿＿ 鄉／鎮／市／區

　　　　＿＿＿＿＿＿ 路／街 ＿＿ 段 ＿＿ 巷 ＿＿ 弄 ＿＿ 號 ＿＿ 樓／室

★ 職業：□學生／就讀學校：＿＿＿＿＿＿　　□老師／任教學校：＿＿＿＿＿＿＿＿＿

　　　　□服務　□製造　□科技　□軍公教　□金融　□傳播　□其他＿＿＿＿＿＿＿＿＿

★ 怎麼知道這本書的呢？

　　□老師買的　□父母買的　□自己買的　□其他＿＿＿＿＿＿＿＿＿＿＿＿＿＿＿＿＿＿

★ 希望晨星能出版哪些青少年書籍：（複選）

　　□奇幻冒險　□勵志故事　□幽默故事　□推理故事　□藝術人文

　　□中外經典名著　□自然科學與環境教育　□漫畫　□其他＿＿＿＿＿＿＿＿＿＿＿＿＿

★ 請寫下感想或意見

線上簡易版回函
立即火速填寫！

407　台中市工業區30路1號

晨星出版有限公司

TEL：（04）23595820　　FAX：（04）23550581

e-mail：service@morningstar.com.tw

http://www.morningstar.com.tw

請延虛線摺下裝訂，謝謝！